KB180896

한국 희곡 명작선 149

아버지가 사라졌다

한국 희곡 명작선 149

아버지가 사라졌다

조원석

평민사

조원석

아버지가 사라졌다

등장인물

제시카 윤 변호사
최명진 목사
은숙 : 최 목사의 딸
은영 : 최 목사의 딸
재판장
검사
노파
제퍼슨
배심원들

1. 최 목사의 집

어둠 속에서 무대 희미하게 밝아오면 최 목사가 은숙을 거칠게 끌고 안으로 들어온다. 겁에 질린 은숙, 애원하고, 최 목사 무섭게 소리치는 모습이 마임으로 연기된다. 은숙의 흘러내린 긴 머리채와 노출증이 심한 옷차림은 매우 자극적이다. 최 목사, 은숙을 힘껏 밀어버린다.

바닥에 쓰러진 은숙에게 최 목사가 달려들어 그녀의 상의를 무자비하게 찢어버린다. 길게 이어지는 은숙의 비명소리. 급작스럽게 암전된다.

2. 법정

최 목사 초췌한 모습으로 피고석에서 일어난다.

재판장   피고인. 최후진술 하시오.

최 목사   (사이) 저, 저는 이런 슬프고 추악한 사건을 만든 장본인으로서 그 모든 책임을 지겠습니다. (사이) 전 종교인입니다. 어떤 일이 있어도 제 딸들과 싸울 수는 없습니다. 제가 무죄하다고 말하지는 않겠습니다. 이미 딸들에게 고소를 당한 이상… 전 하나님 앞에 큰 죄를 지은 것일 테니까요. (사이) 딸들은 저를 미워하고 저주하고 있지만 전 그 애들을 미워하지 않습니다. 그 애들을 변함없이 사랑하며, 그 애들의 행복을 빌겠습니다. (사이) 저는 딸들에게 그런 비열한 성적 폭행이나 추행을 가한 바가 없지만, 그 애들의 가슴에 상처를 입힌 죄, 그리고 지난날 저와 헤어진 그 애들의 어머니에게 남겼던 상처 같은 것들을 모두 제 첫값으로 감당하겠습니다.

여호와는 나의 목자시니 나를 푸른 풀밭으로 인도하시리로다.

최 목사, 잠시 허탈한 듯 서 있다가 피고석에 앉는다.
잠시 배심원들 숙의하는 모습.

재판장　　배심원 여러분, 평결이 끝났습니까?

배심원1　　(자리에서 일어나) 네.

재판장　　발표해 주십시오.

배심원1　　(나지막하나 강한 어조로) 마이클 최, 유죄.

방청석에서 웅성이는 소음.

재판장　　선고 공판은 다음 주 목요일, 오후 2시에 열겠습니다.

3. 면회실

제시카 윤, 열심히 서류를 뒤적이며 생각에 잠겨 있다. 철창문 여
닫히는 소리가 나면서 어둠 속에서 최 목사가 무거운 걸음으로 나
와 앞에 선다.

제시카 윤 안녕하세요?

최 목사 (약간 어눌하게) 안녕하세요?

제시카 윤 목사님이 회장으로 계시던 한인협회의 부탁을 받고 목사
님을 찾아왔습니다. 저, 제시카 윤 변호사입니다.

최 목사 ….

제시카 윤 목사님. 목사님께선 왜 지금 여기 들어와 있다고 생각하
시죠?

최 목사 (무겁게) 나도 그것을 알 수 없어요. 왜 이런 일이 일어났는
지….

제시카 윤 구체적으로 말씀해 주시겠어요?

최 목사 그 애들에게 보다 나은 삶을 주기 위해 이민을 왔는데, 그
런데….

제시카 윤 재판 기록을 보니 끊임없이 자신을 죄인이라고 하면서 우
셨는데, 그 죄란 구체적으로 무엇이죠?

최 목사 (고개를 들어 제시카 윤을 빤히 보다가 다시 고개를 떨군다) ….

제시카 윤 전 형사사건은 처음입니다. 1심에서 유죄판결이 난 승산
도 없는 이 사건을 왜 맡았는지 아세요? 물론 같은 한국

인이라는 게 첫 번째 이유예요. 그러나… 더 중요한 사실은… 진실을 확인하고 싶기 때문입니다.

최 목사 증거 되지 못하는 진실이 무슨 의미가 있을까요?

제시카 윤 워낙 성폭행사건은 피해자의 증언이 가장 강력한 증거로 채택이 되죠. 밀폐된 방에서 둘이 있다 나와도 여자가 성추행을 당했다고 하면 증거로 채택이 되니까요. 더구나 살해협박이니 동반자살제의니 하는 강압적인 분위기에서 범죄가 이루어졌다는 것이 증거로 채택이 되었어요.

최 목사 전 희망이 없습니다, 더 이상 내 결백을 주장할 힘이 없어요. 여성단체 나 신문, 심지어는 교포신문에서도 절 흉악범으로 부추기고 있는데 제가 무슨 힘이 있겠습니까?

제시카 윤 미국은 변호사의 능력이 유죄 무죄를 판가름 짓기도 하죠. 배심원이 평결을 내리는 제도는 신의 심판을 가장 민주적으로 대행하는 절차 같이 보이지만 사실은 토크쇼처럼 어느 쪽이 더 그럴듯하게 논증하느냐 하는 화려한 수사학의 각축장이에요. 한국의 재판이 유전무죄 무전유죄라는 용어를 만들어 냈듯이 철저한 인권의 나라 미국도 실은 비슷해요.

최 목사 난 당신의 토크쇼 같은 것엔 관심이 없소. 딸들에게 고소당한 순간 난 모든 걸 잃었으니까요. 평생 걸려 쌓아온 명예, 종교인으로서의 위치….

제시카 윤 목사님. 고소 사실을 시인합니까?

최 목사 목사라고 부르지도 마시오.

제시카 윤 (일어서며) 목사님. 전 이 사건을 맡기 전에 개인적으로 목 사님의 양심에 묻고 싶어요. 사실인가요? 아니면 무고인 가요?

최 목사 난 이제 할 말을 잃었습니다. 이 사건은 이미 내 손을 떠났 어요… 내 능력으로는 나의 결백을 증명할 수 없습니다. 차라리 날 지옥으로 보내주시오.

제시카 윤 이 사건은 천당과 지옥을 이야기하는 종교재판이 아니에 요. 가정 내의 근친상간, 아니 성폭행. 끔찍한 인륜 범죄로 고소당해 있는 겁니다. 목사님이 1심에서 죄인이라고 하 신 말씀이 모두 증거로 채택되어 있어요. (사이) 아직도 죄 인이라고 말하실 겁니까?

최 목사 … 네.

제시카 윤 좋습니다. (사이) 사건을 이해하기 위해 무엇보다 과거, 특 히 가정생활에 대해 알고 싶은데요.

최 목사 ….

제시카 윤 (서류를 뒤적이며) 자녀가 여섯이죠? (사이) 큰딸 사라 한국명 은숙, 둘째 딸 은경, 셋째 딸 은수와 넷째 딸 은영, 그리고 다섯째 딸 은지 여섯 번째 아들 사무엘. 두 명씩 어머니가 다른 것으로 나와 있는데….

최 목사 네, 사실입니다.

제시카 윤 그럼 결혼을 세 번 하셨나요?

최 목사 (사이) 두 번입니다.

제시카 윤 그럼 첫 번째 부인과는 단순한 동거였습니까?

최 목사 동거는 아닙니다. 잠깐의 실수로 큰애 은숙이 태어난 겁니다.

제시카 윤 실수라구요?

최 목사 제 죄가 클 뿐입니다.

제시카 윤 좋습니다. 그럼 첫애 은숙은 실수였다고 치고 둘째 은경은 왜 또 낳게 됐죠? 둘째도 실수로 태어난 겁니까?

최 목사 ….

제시카 윤 미안합니다.

최 목사 은숙에미는 제가 청년시절 잠깐 알았던 여자였습니다. 미국에서 공부하다 귀국해 보니, 애를 낳았다더군요.

제시카 윤 왜 결혼을 안 하셨나요?

최 목사 난 미국에서 이미 결혼을 했으니까요. 어차피 은숙에미하고는 성격과 이상이 맞지 않아 애초부터 결혼할 생각은 없었습니다.

제시카 윤 아니, 그럼 결혼한 부인이 미국에 있는데, 귀국해선 또 옛여자를 만나… 사랑도 없으면서….

최 목사 … 네. 그냥 애가 있다는 말에 만났다가….

제시카 윤 둘째 은경 양은 그 귀국 때 생긴 아이로군요.

최 목사 … 그렇습니다.

제시카 윤 몇 년 동안 계시다가 다시 미국으로 오셨죠?

최 목사 2년 3개월 동안 있었습니다.

제시카 윤 은숙 양 엄마기 미국으로 따라 오려고 하진 않았던가요?

최 목사 … 이미 미국엔 결혼한 아내가 있는 걸 알기 때문에 고집

부리진 않았습니다.

제시카 윤   그럼 아이는요? 순순히 내어 주던가요?

최 목사   아닙니다. (사이) 그렇지만 아무 경제적 능력이 없는 자신보다는 내가 미국에서 양육하는 것이 아이들을 위해서 좋은 길이라고 생각했기 때문에 스스로 포기한 것입니다.

제시카 윤   포기요?… 따님의 고소장을 보니 얼마간의 돈을 주고 강제로 뺏어온 것이라고 되어있던데요?

최 목사   거짓말입니다. 아이들이 자신의 엄마가 누구인지 알 리가 없습니다. 전 그 애들의 장래를 위해 일체 비밀에 붙여왔었습니다….

제시카 윤   (차갑게) 그렇다고 대학을 졸업한 딸이 마음만 먹으면 자신의 어머니를 찾지 못할까요?

최 목사   그 여자를 아는 사람은 한국의 저의 모친뿐입니다. 절대로 가르쳐 줄 리가 없습니다.

제시카 윤   (차갑게) 그게 옳은 태도였다고 생각하세요?

최 목사   … 그러나 당시로서는 최선의 길이라고 생각했습니다.

제시카 윤   (옆에 선 교도관에게) 끝났습니다.

교도관, 김제시카 윤에게 눈인사를 하고 최 목사를 데리고 안으로 사라진다.

긴 철문의 울음소리.

제시카 윤   (관객의 앞으로 걸어 나오며) 이 사건을 어떻게 이해해야 할까요? 50이 넘은 아버지가 성폭행이란 죄목으로 딸들로 부터 고소당한 이 사건. 더구나 그의 직업이 이 미국사회에서 가장 존경받는 직업중의 하나인 목사라는 사실. 물론 근친 간의 성폭행은 미국에서 그리 생소한 범죄는 아닙니다. 또 얼마 전 한국에서도 자신을 상습적으로 성폭행을 해온 의붓아버지를 살해한 사건이 있었죠. (사이) 변호사가 된 이후에 인간의 심성에 절망을 느낄 때가 많았었습니다. 절망에 빠진 사람들을 구하기 위해 변호사가 되었는데 말이죠. 이 사건의 본질은 최 목사나 고소인인 큰딸, 둘 중의 한 사람이 거짓말을 하고 있다는 것입니다. 인간의 증오는 어떻게 시작되는 것일까요? 증오도 사랑의 한 변형이라고 말하기도 합니다만… 피를 나눈 가족 간의 증오가 타인보다 더 공격적일 수 있다는 것을 보면 전 인간이란 존재가 두려워지기까지 했습니다.

4.제퍼슨의 집

은숙, 고개를 숙이고 생각에 잠긴 듯, 제시카 윤을 보지 못하고 문쪽으로 다가온다.

제시카 윤 저어, 은숙 씨!
은숙 네?

제시카 윤 전 2심에서 아버지의 변론을 맡은 제시카 윤이라고 해요. 얘기 좀 해요?

은숙 … 저, 바빠요.

제시카 윤 잠깐이면 돼요.

은숙 (제시카 윤을 보다가 그냥 안으로 들어가려 한다)

제시카 윤 (가로 막으며) 전 변호사예요. 몇 가지 질문이 있어요.

은숙 전 할 얘기가 없어요.

제시카 윤 이건 바로 아버지 문제예요.

은숙 대체 몇 번을 되풀이해야 하죠?

제시카 윤 미안합니다. 협조해 주세요. 부친의 변호사라 해서 은숙 씨를 곤경에 처하게 하진 않을 테니까요.

은숙 ….

제시카 윤 어디에서 직접적으로 성폭행을 당했죠?

은숙 … 식구들이 있을 때는 거의 옷장 안에서였고, 식구들이 없을 때는 제 방 침대와 욕실에서였구요.

제시카 윤 은숙 씨 방의 옷장 안 말이죠? (사진 꺼내 보이며) 이 옷장 맞죠?

은숙 … 네.

제시카 윤 그 옷장 안으로 부친이 강제로 끌고 들어가 눕혔단 말이죠?

은숙 … 네. 강제로요.

제시카 윤 집안에선 은영 양과 가장 친하다죠? 친동생 은경 양보다도.

15

은숙　(눈치 살피며) 네. 하지만 그게 무슨 상관이에요?

제시카 윤　은숙 씨와는 어머니가 다른데… 은숙 씬 서울서 자라다가 11살 때 왔고, 은영 양은 미국에서 태어나 자랐죠?

은숙　그래요. 아버진 여자를 소유물 다루듯 한 거죠. 아이도 맘대로 뺏어올 수 있다고 생각한….

제시카 윤　그럼, 은영 양 엄마와는 왜 이혼한 지 아세요?

은숙　(격렬한 적의를 보이며) 흥. 아들을 못 낳았기 때문인지도 모르죠.

제시카 윤　아! 아버지가 아들과 딸들을 차별했나요?

은숙　….

제시카 윤　(흥미 있게 들으며 기록한다) 은영 양과는 4살 차이군요. 은영 양 방이 바로 은숙 씨 방 옆에 있죠?

은숙　네.

제시카 윤　그런 집에서 10년씩이나 아버지에게 폭행당하고 있었다면 다른 사람은 몰라도 은영 양은 뭔가 눈치를 챌 수 있었을 텐데요. 아니면 언니가 고백할 수도 있었겠고….

은숙　무슨 뜻이죠?

제시카 윤　식구들이 있을 때는 옷장 안에서, 식구들이 없을 때는 주로 은숙 씨의 방 침대. 목욕탕 안에서 당했다고 했는데, 바로 곁에서 생활하며 전혀 눈치 채지 못했다면 이상하지 않아요?

은숙　(화를 내며) 그럼 내가 고발한 내용이 사실이 아니란 얘긴가요?

제시카윤 그런 뜻은 아니에요. 단지 사건에 대한 정확한 이해를 위해 물어보는 것뿐이죠. 그럼 언니가 아버지를 고소했을 때의 은영 양의 반응은 어땠나요?

은숙 (조금 진정하며) 놀란 것 같았어요. 하지만 곧 이해했어요.

제시카윤 이해를 하다니요? 그럼 은영 양도 사건이 터지기 전에 이미 어렴풋이나마 알았었다는 얘기인가요?

은숙 그만큼 동물적이었다는 반증이겠죠.

제시카윤 동물적이라니요? 무슨 뜻인지….

은숙 그럼 왜 이 사건이 터졌나요? 그 기본적인 사실도 이해 못하면서 변론을 맡았나요? 변호사가 세리보다 더욱 돈을 좋아한다고 하더니 그래 이 사건으로 얼마나 받았죠? (노려보다가) 돈 많이 버세요. 그렇게 어려운 변호사 공부하느라고 고생도 했을 텐데 보상은 받으셔야겠죠.

제시카윤 집에는 둘째 은경 양과 셋째 은수 양만이 살고 있죠? 다섯째 은지 양과 외아들 사무엘은 현재 다른 집에 위탁을 간 것으로 되어 있는데 은영 양은 어디에 있죠?

은숙 잘 몰라요.

제시카윤 은숙 양과 제일 가까웠다면서 거처를 모르나요?

은숙 아마 충격이 컸던지 어디로 나갔어요. 아마 친구 집에라도 있겠죠.

제시카윤 아버지의 성격으로 볼 때, 아니 가정교육을 볼 때 근 1년씩 같이 있을 친구가 있을 것 같지 않은데요. 또 그렇게 내성적이었다면서요?

은숙　　그럼 어디 가서 죽기라도 했다는 뜻인가요? 또 내가 어디 숨겨놓기라도 했다는 뜻인가요?

제시카 윤　꼭 그런 뜻은 아닙니다. 가정적으로 이렇게 어려울 때 어떻게 지내나 궁금해서 물어본 것일 뿐예요. 기분 나쁘셨으면 미안해요.

이때 넷째 딸 은영이 온다. 순간적으로 당황하는 은숙.

은영　　(불안한 어조와 태도) 무슨 일이야? 혹시?

은숙　　(당황하며) 아, 아무 것도 아니야. 그냥 보고 싶어서 오라고 했어. (제시카 윤에게) 더 이상 할 말 없어요.

제시카 윤　저, 은영 씨 맞죠? 넷째딸….

은숙　　아니에요. 둘째예요

제시카 윤　그럼 어머니가 같은 동생?

은숙　　더 이상 할 얘기 없어요. 앞으로 알고 싶은 것이 있으면 여기로 오지 말고 우리 변호사를 통해서 하도록 하세요. 실례합니다.

은숙, 은영을 데리고 급히 안으로 사라진다.

제시카 윤, 급히 서류철에서 사진 한 장을 꺼내어 보면서 고개를 가우뚱.

5. 법정

검사   피고는 아들의 생식기를 만진 적이 있지요?

최 목사 (약간 넋이 나가) 네?

검사   아들의 생식기를 만진 적이 있어요, 없어요? (사이) 있죠?

최 목사 네, 있습니다.

배심원들, 뭔가 숙의를 한다.

검사   왜 만졌습니까? 아들이 좋아해서요?

최 목사 좋아하다니요?

검사   아들에게 수음이라도 시켜줄 참이었습니까?

최 목사 무슨 얘기입니까? 세상에 그런 아버지가 어디 있습니까?

검사   그럼 왜 만졌습니까?

최 목사 귀여웠기 때문입니다. 또 그건 지금의 일이 아니고 사무엘이 서너 살 때의 일입니다.

검사   바로 이것이 피고가 성적으로 변태라는 걸 증명해주고 있습니다. 그리고 피고는 그 사실을 1심에서와 같이 시인했습니다. 배심원 여러분, 이 점 확실히 기억해 주시기 바랍니다. (사이) 그리고 피고는 아들의 엉덩이도 상습적으로 만져왔지요?

최 목사 무슨 소리입니까? 그건 귀여운 아이에 대해 늘 하는 우리의 풍속입니다.

검사 (준엄하게) '예, 아니오'로만 대답해 주시겠습니까? 그런 사실이 있지요?

최 목사 네.

검사 감사합니다. 솔직하게 답변해 줘서. 배심원 여러분, 피고는 상습적으로 아들의 생식기와 엉덩이를 만졌습니다. 아들에게 그런 짓을 하는 변태성욕자가 딸에게 하지 말란 법이 있겠습니까?

최 목사 (절규하듯) 아닙니다. 절대 아닙니다. 그건 우리 한국에선 얼마든지 있는 일입니다. 재판장님. 한국에선 귀여운 손자의 고추는 노할머니의 장난감입니다. 아니, 아들이란 게 대견해서 자꾸 만져보고 또 아들에게 자부심을 주는 행위입니다. 전 딸 다섯에 겨우 아들 하나를 얻었습니다. 너무나 대견하고 기특해서 아들의 고추를 만진 것입니다. 그게 무슨 죄란 말입니까?

재판장 그거 참, 곤란한 일이군요. 그런 관습을 한국정부가 인정하는 것도 아니고 한국학계가 주장하는 어떤 이론도 아니잖습니까? 변태라기보다 피고는 혹시 동성애의 경험이 있습니까?

최 목사 난 목회자입니다. 도대체 무슨 얘길 하시는 겁니까?

재판장 미국에선 아무리 아들이라고 해도 생식기를 만져보고 엉덩이를 만져보지 않습니다. 그건 분명히 동성애자가 하는 방식입니다. 배심원 중에 어느 분이 이 문제에 대해 말씀해 보시죠.

배심원들끼리 수군거리다가 한 사람이 일어난다.

배심원1 나도 한국인 몇 사람을 만나 그런 사실에 대해 물어 보았습니다. 그러나 갓난아기가 아닌 이상 그런 일은 있을 수 없다는 것입니다. 한국은 5천년의 역사를 자랑하는 문명국이며, 예의와 질서를 중시하는 유교문화 국가라 그런 야만적이고 원시적인 행태는 없다는 것입니다.

재판장 변호인, 변호하십시오.

제시카 윤, 자리에서 일어나 법정의 가운데로 와 선다.

제시카 윤 검찰은 고소인의 고발장만을 가지고 일방적으로 피고를 파렴치범으로 몰고 있습니다. 그러나 10년간에 걸쳐 한 여자가 자기 부친으로부터 1주일에 4회 이상 성폭행을 당했다는 것은 아무리 인내심이 강하고 지각이 없는 사람이라 해도 믿기지 않는 사실입니다. 더구나 은숙 양은 부친에 의해 감금 당해있는 처지도 아니었고 애인도 있는 실정입니다. (사이) 저 역시 처음엔 이 사건을 맡으려 하지 않았습니다. 그러나 한국인의 특성상 근친상간, 아니 이런 사건은 절대 일어날 수 없다는 평소의 소신이 있었기에 이 사건을 맡았습니다.

검사 (자리에서 일어나며) 재판장님, 이의 있습니다.

재판장 말씀하십시오.

검사   지금 변호사는 한국인의 성격을 몰라서 하는 말입니다.

제시카 윤   한국인인 내가 모르는 한국인의 성격을 검사께서 아신단 말입니까?

검사   한국인은 세계에서 가장 근면하고 뛰어난 민족의 하나입니다. 세계에서 가장 오래 일하는 민족이며 어떤 역경도 하늘의 뜻이라 여기고 묵묵히 참고 견뎌냅니다. 그들은 자신의 불행을 운명론적으로 받아들이며 다른 사람에게 알리지 않고 스스로 참아내곤 합니다. 그리고 아주 특이한 것은 부끄러운 일을 공개하여 함께 해결하려는 생각이 거의 없다는 점입니다. 그들은 부끄러운 일을 혼자 숨겨버리려는 특이한 자존심, 특이한 수치심을 갖고 있습니다. 그리고 특히 부모에게는 맹종하는 것을 미덕으로 여기기 때문에 집안의 부끄러운 일은 절대로 외부에 발설하지 않습니다. 그런고로 피해자들은 10년 이상, 1년 이상 계속 그런 일을 당해가면서도 쉬쉬 숨겨오다가 이번에야 폭발한 것입니다.

제시카 윤   (사이) 증인을 신청합니다. 고소인 최은숙 양입니다.

재판장   좋습니다.

은숙, 증인석으로 인도되어 성경에 손을 얹고 증인선서를 한다.

제시카 윤   (은숙에게 다가가) 아버지를 왜 고소했습니까?

은숙   (고개 숙인 채) 제 아버지라 부르기도 창피합니다. 어쨌든 서류상의 부친인 그 남자는 10년 동안 수시로 절 강제로 성폭행해 왔습니다. 치욕적인 이 사건을 전 부끄러움 때문에 지금까지 덮어 두었으나, 사랑하는 사람과 결혼을 앞둔 저로서 양심의 가책을 이기지 못하여 고소를 결심하게 된 것입니다. 인면수심의 제 부친을 공명정대한 미합중국의 법률에 의거 처벌해 주기만 바랄뿐입니다.

제시카 윤 가족이 집에 있을 때는 주로 어디서 성폭행을 당했다고 하셨죠?

은숙 옷장 안에서요.

제시카 윤 은숙 씨의 키가 165센티미터이고 부친의 키는 170센티미터 정도가 되겠죠?

은숙 네.

제시카 윤 그 옷장 안으로 부친이 강제로 끌어다 눕혔나요?

은숙 … 네.

제시카 윤 옷장의 길이는 1미터 20센티입니다. 그런데 165센티의 여자와 170센티의 남자가 그 안에서 성행위가 가능했나요?

검사 재판장님. 변호사는 나이 어린 증인에게 치욕적인 질문을 하고 있습니다.

재판장 계속하시오.

제시카 윤 상체조차 거의 누울 수 없는 상태에서 강제로 성행위가 가능했나요?

은숙 가능했습니다.

제시카 윤 그때 옷장 안에는 무엇이 있었죠?

은숙 옷이 걸려 있고….

제시카 윤 현장 조사 결과 바닥엔 은숙 양의 여러 가지 속옷가지와 가방이 10개가 있던데, 그땐 그 안에 그 물건들이 없었나요?

은숙 (검사를 힐끗 보며) 기억이 나지 않아요.

제시카 윤 성행위가 끝나고 나서, 그다음의 행동은 무엇이었나요?

검사 (참을 수 없다는 듯) 재판장님, 이건 또 하나의 야만적인 인권 유린입니다.

제시카 윤 상황에 대한 정확한 조사는 재판의 기본입니다. 이상입니다.

검사 성행위, 더구나 특수하고 긴박한 상황에서는 보통 사람들의 상식을 뛰어넘는 장소도 제공될 수 있습니다. 더구나 피고인은 보통사람이 아닙니다. 극도의 변태성욕자 입니다. 그런 심리상태에선 그보다 더 작은 공간에서도 그런 행위가 이루어질 수 있습니다.

제시카 윤 (벌떡 일어나) 카섹스와 같은 경우야 가능하겠죠.

검사 물론입니다. 옷장의 깊이가 1미터, 폭이 1미터 20센티인 것은 아무 문제가 안 됩니다.

제시카 윤 그런 경우는 서로가 강하게 요구할 때나 가능하겠죠. 하지만 이 사건은 강제적 성폭행입니다. 과연 가능합니까?

검사 죄송하지만, 변호사께선 결혼을 안 하신 분이라 잘 모르는 모양인데, 기혼자인 제가 생각할 땐 가능합니다.

법정. 웃음바다가 된다.

제시카 윤 (재판장에게) 이건 신성한 재판과정에서 할 수 없는 말입니다.

재판장 (웃음을 참으며) 인정합니다. 검사는 자의적 판단을 유도할 수 있거나, 추측에 의한 심문은 삼가하세요.

검사 … 알았습니다. 증인에게 보충질문을 하겠습니다. 증인은 피고에게서 살해협박을 받은 일이 있다고 했죠?

은숙 (최 목사를 힐끗 보며) 네.

검사 뭐라고 했습니까?

은숙 죽여 버리겠다고요.

검사 또 동반자살을 강요당한 적도 있었죠?

은숙 … 네.

검사 어떤 식으로 표현했습니까?

은숙 너랑 나랑 같이 죽자고 했습니다.

검사 너랑, 나랑 함께 죽자고 말이죠?

은숙 네.

이때, 최 목사 벌떡 일어나 소리 지른다.

최 목사 (울부짖듯) 도대체, 도대체 무슨 얘기냐! 살해협박, 동반자살? 은숙아, 은숙아! 내 죄는 내가 안다. 하지만 왜, 무슨 이유로 그런 말을 하는 거냐?

재판장 (법봉 두드리며) 피고, 조용히 하세요.

검사 증인 퇴장을 요청합니다. 어린 가슴에 더 이상의 상처를 줄 수 없습니다.

재판장 인정합니다. 재판, 계속합니다. 검사, 심문해주세요

검사 피고, 분명 증인에게 살해, 동반 자살을 강요한 적이 있지요?

최 목사 기, 기억이 나지 않습니다.

검사 증인이 있어요. 피고를 고소한 딸 외에도 다른 자녀들이 모두 그 소리를 들었다고 하는데도 인정 안 하십니까? 피고인은 고소자 최은숙 양이 남자친구 문제로 다투던 날도 분명히 "같이 죽자"란 말을 썼어요. 네 번씩이나.

최 목사 … 그런 일이 있긴 합니다만 그건 동반자살의 뜻이 아니고, 단지….

검사 단지 뭡니까?

최 목사 단순히 아이의 흥분을 가라앉히기 위해 사용한….

검사 (O.L로) 딸과의 불륜관계가 그 남자에 의해 발각될 것이 두려워 동반자살을 강요한 협박이었잖습니까? 아닙니까? (배심원을 향하여) 이 사실은 피고의 가족 모두의 증언입니다.

최 목사 (다급하게 배심원석을 보며) 그게 아니라, 이건 단순히….

재판장 이건 피고인에게 매우 불리한 증거입니다. 너와 내가 함께 죽자, 이선 중대한 살인협박이죠.

최 목사 그건 한국에선 화가 나면 가족 간에 그냥 쓰는 말입니다.

재판장　아, 그런 식의 변명은 법정에서는 인정되지 않습니다.

최 목사　이해할 수가 없군요. 자기자식한테 죽여 버리겠다, 차라리 같이 죽자, 나가 죽어라란 말을 했다고 해서 그게 살인협박이라고요? 당신들은, 당신들은 화나면 그런 말을 쓰지 않나요? 그냥 말로만 말입니다! (절규한다)

검사　솔직히 인정하세요. 그 순간 격분해서 동반자살을 생각했었다. 그러나 오래 전부터 그런 협박을 해온 것은 아니다. 상대방이 자살에 응하지 않아 그만 두었다. 존경하는 재판장님. 그리고 배심원 여러분. 이 피고는 자기 딸을 10년 이상 폭행해 오면서, 동반자살하자고 협박해 극도의 공포심을 조장해 왔던 것입니다. 죽이겠다, 아니면 같이 죽자라고 협박하면서 피고는 딸을 대상으로 변태적인 성욕을 불태워 왔던 것입니다. 겉으로는 고매한 종교인의 탈을 쓰고 가정 내에서는 이러한 가증스러운 범죄를 저지르며 이중생활을 해왔던 것입니다. 아버지의 폭언과 살해 협박 때문에 딸들은 그동안 육체적 정신적 피해를 법에 호소하지도 못하고 어둠 속에서 살아왔던 것입니다.

최 목사　(이성을 잃고, 절규) 그만! 그만! 난 아니야! 난 아니야!

최목사, 처참하게 울부짖으며 항변하는 사이에 무대 어두워지며 재판장, 검사, 배심원 등 모두 퇴장한다.

제시카 윤　(관객에게) 사실 처음 이 사건을 맡았을 때 최 목사에 대한 거부감이 컸습니다. 최 목사가 그런 범죄를 저지르지 않았다 해도, 얼마나 생활이 문란하고 아버지로서의 역할을 하지 못했으면 딸로부터 그런 고소를 당했을까 하는 것이 제 솔직한 심정이었습니다. (사이) 그러나 잘잘못을 떠나 이 재판과정은 정상이 아니었습니다. 모두 둥그렇게 서서 그 동그라미 안에 갇힌 제물에 돌을 던지면서 즐거워하는 인상을 지울 수가 없었습니다. 더구나 이런 경악할 사건에 대해 현장조사 한 번 없이 오직 고소인의 고소장만을 갖고 재판을 한다는 것이 정말 받아들이기 힘들었습니다. 심지어는 우리 아버지도 화가 나면 나에게 쓰던 "이렇게 되려고 우리가 여기에 온 줄 아니? 차라리 너 죽고 나죽자" 말까지 동반자살 강요의 증거로 채택되다니 말입니다.

6. 텅 빈 법정의 한 구석

무대 위엔 최 목사와 제시카 윤만 남아 있다. 제시카 윤, 최 목사의 등을 두드린다.
절망적으로 엎드려 있던 최 목사, 천천히 고개를 든다.

제시카 윤 진실은 밝혀져야 해요. 목사님, 용기를 잃어선 안 돼요.
최 목사 더 이상 무슨 의미가 있나요? 난 이미 덫에 단단히 걸려있는걸요.

제시카 윤 내가 이 사건에 집착하는 것은 수임료 때문이 아닙니다. 또 내가 한국인이기 때문도 아니구요. 목사님, 진실을 밝혀야 합니다. 진실을 밝히자면 목사님의 협조가 필요합니다. 협조를 해줘야 싸울 수가 있어요. 잘 생각해보세요. 딸들, 헤어진 부인과 관련해서 생각나는 일이 없는지요.

최 목사 없습니다. 더 이상 내 무죄를 입증할 방법이 없어요. (머리를 쥐어뜯으며) 내가 왜 미국에 이민을 왔는지… 열심히 살아온 내 인생이 이렇게 끝을 맺다니, 도대체 어디서부터 잘못된 거야….

제시카 윤 목사님이 결백하다면 자신의 결백을 증명해야만 해요. 지금 상황으로는 힘든 싸움이 될 수밖에 없어요. 이제야 전 어렴풋이나마 이 사건의 본질을 이해할 수 있을 것 같아요. 이제는 방어에만 머물 수 없어요. 공격을 서둘러야 해요.

최 목사 (흐느껴 운다)

제시카 윤 (사이) 목사님, 지금 무엇이 제일 하고 싶으세요?

최 목사 (긴 사이 끝에) 내 교회에 나가 기도하고 싶습니다. 내 딸들을 데리고.

제시카 윤 지금, 이렇게 목사님을 감옥에 보낸 딸들인데도 말입니까?

최 목사 어디서부터 잘못되고 만 건지… 11살 된 은숙이를 제 엄마 손에서 떼어 데리고 올 때, 난 그 애들에게 더 사랑을 베풀겠다고 다짐했었죠. 처음엔 은숙이, 은경인 퍽 나를 따랐어요. 헌데….

제시카 윤   그런데요?

최 목사   사춘기가 되면서 우린… 아이들이 미국 애들처럼 멋 부리고, 노출 심한 옷을 입고, 남자친구를 사귀는 게 도저히 마음이 놓이지 않았어요. 그래, 난 아이들이 댄스파티에 간다면 무조건 가지 못하게 했죠… 흡사 숨바꼭질 같았어요.

제시카 윤   아이들의 욕구를 그렇게 막아야만 했어요? 그러고도 아이들의 사랑을 기대하셨나요?

최 목사   ….

제시카 윤   최 목사님. 은숙 양이 폭행 장소를 옷장 안이라고 지목했는데, 옷장과 관련된 무슨 일이 있었나요?

최 목사   (사이) 난 딸들이 말을 안들을 땐 옷장에 가두곤 했습니다. 그 애들에게는 옷장이 공포의 대상이었을지도 모르죠. 그렇다고 제 딸들이 모두 그런 것은 아닙니다. 유독 은숙이와 은영이가.

제시카 윤   네? 어떤 일로 속을 썩였죠?

최 목사   그 애들은 유난히 옷을 자극적으로 입었습니다. 난 미국에 이민 온 후로 한국여자 애들이 개방적인 미국 풍토에 휩쓸려서 타락하는 걸 많이 보았기 때문에 참을 수가 없었죠. 난 착하고 건실하게 키우고 싶었어요.

제시카 윤   지금은 한국도 아이들을 그런 식으로 키우지 않아요. 만약 아이들을 부모가 매를 들며 엄하게 키우려면 부모는 아이들에게 몇 배의 사랑을 표현하고 아이들이 그걸 느낄 수 있게 해야만 해요.

최 목사 난 내 딸들을 자기 엄마처럼 불행한 삶을 살게 하고 싶지
않았어요. 더군다나 난 사윗감은 꼭 한국인이어야 한다고
말하곤 했는데….

제시카 윤 아, 은숙씨는 미국인과 연애 중이더군요. 그 사실을 알고
있었어요?

최 목사 네. 그 때문에 더 화가 나 다투곤 했습니다.

제시카 윤 잠깐! 미국인과 결혼해선 안 된다는 위협으로 어떤 벌을
얘기했나요?

최 목사 글쎄… 닥치는 대로… 욕도 하고… 달래고… 때리기도 했
습니다.

제시카 윤 제가 알아본 바로는 재산이 대략 500만 불 이상이 될 것
같은데 맞나요?

최 목사 그렇습니다. (사이) 하지만 부끄러운 방법으로 모은 재산은
아닙니다. 처음 미국에 와서 햄버거 장사를 하며, 언젠가
돈이 모아지면 교회를 세우려고 사 모은 땅이 한인타운의
다운타운이 되는 바람에 늘어난 것입니다.

제시카 윤 그 재산은 이미 아들 사무엘에게 상속되어 있더군요. 유
언장을 작성하여 공증까지 받아 은행비밀금고에 보관까
지 해놓았죠?

최 목사 그, 그래요….

제시카 윤 원래 재산상속은 아들딸에게 공평히 하는 게 원칙입니다.
헌데 어린 아들한테만 상속한 것은 전통적인 한국적 남아

선호 때문이었나요? 아니면, 이런 상황을 예견하고….

최 목사 어쩔 수 없이 난 한국 아버지였습니다. 아들이 재산을 물려받아야 내 유업을 물려 받을 것 같아서 그랬던 겁니다.

제시카 윤 딸들이 그 사실을 알았나요?

최 목사 … 네.

제시카 윤 딸들이 그 사실을 언제 알았나요?

최 목사 유언장을 은행에 보관하고 오던 날 난 사무엘만 불러 그 얘길 해주었습니다. 딸들이야 시집가면 그뿐이지만, 사무엘은 내가 미국땅에 와서 평생 걸려 이룩한 목회사업이나 재산을 굳건히 물려받을 내 하나뿐인 아들이었으니까요. 아브라함이 늘그막에 이삭을 낳고 유대의 족장이 되었듯이 난 사무엘을 통해 그런 꿈을 꾸었습니다.

제시카 윤 딸들이 어떻게 자신들에게 부당한 상속을 알게 됐죠?

최 목사 사무엘… 녀석은 너무 어려 철이 없었어요. 누나들에게 자랑한 모양이에요. 성년이 될 때까지 비밀을 지키라고 손을 걸고 맹세까지 시켰는데.

제시카 윤 그날이 정확히 언제죠?

최 목사 작년 3월입니다.

제시카 윤 작년 3월이라, 바로 딸들에게 고소를 당한 시기와 거의 일치하는군요? (사이) 목사님, 자신을 가지세요, 우린 이 재판을 이길 수가 있어요.

제시카 윤, 객석 쪽으로 나온다.

제시카 윤 (관객에게) 한국의 아버지들. 자식들에게 엄격한 한국의 아버지. 자신들이 세운 규준을 자식들이 일탈할 때 자기의 양보는 자식에 대한 부권의 포기라고까지 극단적으로 생각하는 한국의 아버지. 최 목사의 말에서 나는 바로 우리 아버지의 모습을 읽고 있었습니다. 한때 변호사 시험 준비가 무의미하게만 느껴져 변호사의 길을 포기하려 했을 때 아버지는 저에게 매질까지 서슴지 않았습니다. 또 친구들과 파티에 갔다가 밤 1시에 들어오자 아버지는 내가 어떤 미국인과 외박이라도 하지 않았나 의심이라도 하는지 날 벌레 쳐다보듯 하는 것이었습니다. 또 클라스메이트인 미국애가 집에까지 차를 태워 줬을 때 그날 밤 아버지는 말을 빙빙 돌려 프리섹스에 대해 물어보는 것이었습니다. 내가 프리섹스론자라도 되는 양 말입니다. 과연 한국에 살았어도 그랬을까요? 자유분방한 미국에서 더욱 보수적으로 되어 가면서 피해망상에 시달리는 한국의 아버지들의 모습이 오히려 내 가슴에 저려왔습니다. (사이) 그러나 난 한국인이었기에, 미국에 그렇게 오래 살아도 미국인이 될 수 없었기에, 순순히 받아 들였을 뿐이지요. 더구나 처음 이민을 와서 8살밖에 안된 내가 동생들의 수발은 물론 늦게 돌아오는 아버지 어머니의 저녁밥까지 지어 놓은 나에게 오로지 남동생 잘 놀았는지만 묻는 것에는 나 역시 질릴 수밖에 없었던 기억이 최 목사와의 면담과정에서 새록새록 되살아나는 것이었습니다.

7. 법정

재판, 다시 속개된다.

재판장 (법봉을 3번 치며) 재판을 속개하겠습니다.

검사 (일어나서) 피고인은 약 10년 전, 그러니까 고소인이 13세 때부터 상습적으로 주 4회씩 폭행을 자행했습니다. 그렇지요?

최 목사 아닙니다. 절대 아닙니다.

검사 여전히 부인하는군요. 그렇다면 피고인은 딸을 무고죄로 맞고소한 사실이 있습니까? (사이) 없지요?

최 목사 … 없습니다.

검사 그 사실은 피고인이 자신의 범행을 시인하고 있다는 객관적 증거가 아닌가요? 왜 피고인은 자신의 결백을 강변하면서도 법적 대응을 피하는 것이죠? 그거야말로 피고인의 유죄를 시인하는 것이 아닙니까? 그 이유를 합리적으로 밝힐 수 있나요?

최 목사 (간신히) 합리적, 합리적이라니요? 내가 딸을 상대로 다시 고소하는 것이 합리적인가요?

검사 무슨 소리입니까? 딸은 아버지를 고소했어요. (배심원에게) 만약 피고가 무죄라면 당연히 맞고소를 해야 하는 것 아닌가요?

배심원들, 간간이 고개 끄덕인다.

검사   (자신을 얻은 듯) 합리적 이유. (사이) 대답할 수 없지요? 고소
를 하지 않는 진실한 이유 말입니다.

최 목사   (간신히 항변한다) 그 이유는 하나뿐입니다. 비록 딸들은 날
고소했지만 난 아직도 내 딸들을 사랑합니다.

사람들, 웅성댄다.

검사   배심원 여러분. 피고인의 지금 발언을 기억해 주시기 바랍
니다. 피고인은 지금도 딸에 대한 애정을 포기하고 있지 않
다고 말했습니다. 그 애정은 바로 성적인 애정입니다.

최 목사   (이성을 잃고 폭발하며) 야! 이 개새끼들아! 사람 묶어놓고 맘
대로 천하에 몹쓸 놈으로 만들어도 되는 거야! 너희들은
자식 안 키워? 그래 어느 애비가 딸한테… 차라리 날 죽
여! 죽여!

제시카 윤   (뛰쳐나가) 왜, 왜 이러시는 거예요. 이럼 안 됩니다. 법정모
독… 점점 더 어려워질 따름이에요.

최 목사가 차츰 진정하자, 제시카 윤, 재판장 쪽으로 돌아서서.

제시카 윤   재판장님. 이 사건은 기본적으로 증거가 없으며 다만 고
소인의 고소만을 갖고 진행되고 있다는 것을 주지시키고

싶습니다.

검사 이의 있습니다. 그럼 변호인은 성폭행을 당해온 은숙 양이 허위고소를 했다는 반증을 갖고 있습니까? 검찰에서 조사한 바에 의하면 고소인도 피고인도 정신적으로 아주 정상입니다. (사이) 고소장이 가장 큰 증거입니다. 구체적 증거가 없다는 말을 취소하십시오.

재판장 (검사에 기울어) 변호인은 검찰 측의 신문 내용에 대해 구체적 증거를 통해 반론하여 주시기 바랍니다.

제시카 윤 좋습니다. 검찰은 지금 몇 개의 증거를 가지고 있습니다. 고소장과 본인들의 증언입니다. 그러나 그것들은 모두 장 본인들의 것이며 검찰이 객관적으로 확보하고 있는 방증은 아무것도 없다고 봐야 합니다.

검사 이의 있습니다. 변호인은 지금 같은 주장만 되풀이하고 있습니다.

제시카 윤 그럼, 검찰의 주장을 그대로 인정하는 토대 위에서 그 방증이란 것을 검증해 보겠습니다.

재판장 변호인은 계속하십시오.

제시카 윤 검찰은 피고인과 고소인이 치정관계에 있었다는 걸 증명하기 위해 피고인이 했다는 말과 행동을 증인들의 검증 아래 제출하고 있습니다. 아들의 생식기를 만졌다던가, 딸의 치부를 건드리고 가슴을 만졌다던가, 함께 죽자는 등의 행동과 말, 말 단지 말일 뿐입니다. 미국사회에서 이 말과 행동은 치명적인 범죄일 수도 있습니다. 그러나 한국인들은 어떤 경우에 이런 말을 쓰는지 한국계 교민 한 사람을 증인으로 신청합니다.

재판장　허락합니다.

노파 한 사람이 증인으로 나온다.

제시카 윤　언제 미국에 이민 오셨습니까?

노파　3년 전에 왔습니다.

제시카 윤　자녀들은 몇이나 두셨죠?

노파　2남 3녀에 손자 손녀가 12명입니다.

제시카 윤　그럼 자녀들과 다투신 적은 없으신가요?

노파　살다보면 싸우지 않고 살 수 있나요? 날마다 다투며 살았지요.

제시카 윤　구체적으로 왜 다투셨죠?

노파　(기가 차다는 듯) 아, 그걸 어떻게 다 기억합니까? 공부 안 해서 싸우고, 집에 늦게 들어왔다고, 애들끼리 싸운다고 야단치고⋯ 헤아릴 수도 없어요.

제시카 윤　다투면서 욕도 하셨나요?

노파　아, 했겠지 안 했겠습니까? 나가 죽어라, 차라리 한강물에 빠져 죽어라, 저 거 잡아가는 귀신도 없나, 늬 에미 잡아 먹을 놈, 모가지를 비틀어버리겠다, 다리몽둥이를 부러뜨려 버리겠다, 차라리 날 죽여라, 너 죽고 나 죽자⋯ 염병할 놈, 오살할 놈, 썩을 놈, 급살할 놈, 육실할 놈, 지랄한다⋯.

제시카 윤 그럼 증인은 그런 말을 할 때 아이들의 다리를 진짜로 부러뜨린다든가 목을 비틀려고 했나요?

노파 미쳤나요? 세상에 어떻게 그런 말을 다 물어요?

객석, 또는 방청석에서 웃음이 터진다.

재판장 (법봉을 치며) 경고합니다. 엄숙한 법정에서 웃음을 유도하거나 일부러 웃으면 안 됩니다. 변호인은 좀 더 합리적으로 질문해 주시기 바랍니다.

제시카 윤 알겠습니다. (노파에게) 욕설을 듣는 아이들의 반응은 어떠했습니까? 정말 부모가 살해 협박이나 폭행 협박을 한다고 받아들이던가요?

노파 무슨 소립니까? 지들도 다 부모가 속상허니까 내뱉는 소리거니 하고 받아들입니다. 아, 미국사람들은 자식들한테 욕 안 합니까? 저도 영어는 잘 몰라도 싼 오브 비친가, 뭐 개새끼야 하는 욕 있는 걸 알고 웃었어요.

제시카 윤 12명의 손자, 손녀들은 어떻습니까?

노파 글쎄, 우리 자식들이 내가 워낙 욕쟁이인 걸 아니까 주의를 주더군요. 미국선 어린 자식들한테 욕하거나 때리면 잡아간다구요. 헌데 알고 보니까 미국사람들도 애들한테 욕한다면서요. 말 안 들으면 때리고 나서 경찰에 고발하면 쫓아낸다고 협박하면 무서워서라도 부모를 고발 안 한다는 거예요.

재판장　잠깐. 변호인은 한국 욕설들의 뜻을 정확하게 번역해 주십시요.

제시카 윤　(당황하여) 오살은… 다섯 번 죽는다는 뜻이고, 급살은 말이 떨어지자마자 죽는다는 뜻이고, 육실헐은 몸을 여섯으로 찢어 죽이겠다는 말이고, 염병할 놈은 장질부사에 걸려 머리가 다 빠져 죽는다는 뜻으로…. (더 이상 말을 잇지 못한다)

재판장　아니, 그런 모욕적인 위협을 부모가 자식에게 가한다는 뜻인가요?

제시카 윤　원래의 뜻은 그렇지만 이런 욕설의 행간과 분위기에 감돌고 있는 소박한 감정은 직접적인 번역이 불가능합니다. 욕이기도 하지만 매우 친밀감을 내포하고 있기도 하고, 부모 자식 간엔 욕설이 조금 강도가 높은 야단치기의 한 방편에 불과합니다.

검사　(벌떡 일어나) 이의 있습니다. 그러한 한국적 표현이나 욕설이 오늘날 한국 가정에서 보편적으로 쓰이는 말이라고 할 수 있나요? 그런 표현은 한국에서도 하류계급, 그리고 지금 시대가 아니고 개화되기 전, 아니 전쟁 때에 썼던 말 아닙니까? 본 검사도 이미 그러한 문제점에 대해 미국에 거주하는 코리아 이민에게 문의를 해보았습니다만 그들은 지금 시대엔 그런 말은 전혀 쓰지 않는다고 했습니다. 그것은 한국인들이 서구 교육에 접하기 전 미개했던 시절, 하층계급에서 쓰이고 있던 용어들입니다. 오늘날 한국은 세계에서 가장 교육열이 높은 나라의 하나이며, 인구비례로 보아 대학 진학률은 미국을 훨씬 능가하고 있습니다. 이런 나라에서 부모가 단지 아이들의 귀가시간이 늦다는 이유로, 공부를 조금 게을리 한다는 이유로 다섯 번을 거듭해서 죽이겠다느니, 몸을 여섯 조각으로 찢어 죽이겠다느니, 장티푸스에 걸려 머리가 다 빠져 죽으라느니, 다리를 부러뜨려 놓겠다라는 등의, 흉악범도 쓰기 힘든 표현을 할 수 있다는 말입니까? 배심원 여러분, 깊이 생각하여 주시기 바랍니다.

제시카 윤 이상으로 변호사 증인신문을 마칩니다. (혼잣말로) 벽창우, 돌대가리.

재판장 아니, 지금 뭐라고 했습니까?

제시카 윤 (순간 당황하여 더듬거리며) 우리 파파와 마미가 저에게 훈계를 할 때 쓰던 말을 되새겨 보았을 뿐입니다.

재판장 증인은 퇴정해도 좋습니다.

노파 빌어먹을 놈들, 지들은 애 안 키우나. 지들도 속상하면 별 수 없이 욕함서 키우겠지. 나도 들었구만. 시치미 딱 떼고 지들만 교양 있네 하고 자빠졌네.

노파, 퇴장하고 김 변호사는 최 목사에게 질문을 시작한다.

제시카 윤 피고인은 처음 여자와 둘째 아내와의 소생인 네 딸을 특별히 미워한 적이 있습니까?

최 목사　없습니다.

제시카윤　그러나 그들은 그렇게 주장합니다. 특히 은숙씨는 등이 패인 옷을 입고 학교에 가려 하자 그 등을 때리면서 가슴쪽으로 손을 넣으려고 했다고 진술했습니다. 그랬습니까?

최 목사　네. (사이) 난 그 애들이 좀 더 단정하게 자라서 실수하지 않는 여자로 성장하길 바랐습니다. 그래서 옷차림이나 시간 등에 특히 엄격했습니다.

제시카윤　왜 그랬죠? 특별히 엄격해야 할 필요가 있었나요?

최 목사　(고개 숙인다)….

제시카윤　그 딸들의 어머니를 생각해서죠?

최 목사　(사이) 네. 그 애들은 그 어머니처럼 불행한 인생을 살게 하고 싶지 않았기 때문입니다.

제시카윤　이상하군요. 각기 다른 인생인데 왜 그런 생각이 들었죠?

최 목사　살아가면서 배운 것입니다. 사랑하는 남녀가 만나 아이 낳고 행복하게 사는 사람들은 대개 딸을 갖기 원하죠. 딸은 사랑받는 존재라는 인식 때문이겠죠. 그러나 나처럼 죄 많은 사람은 딸을 바라볼 때마다 남자에게 속는 상상, 버림받는 상상만 하기 마련입니다. (사이) 저 때문입니다.

제시카윤　그럼 딸들이 평상시 그 엄격함의 배경을 이해해 주었나요?

최 목사　알고는 있었지만 이해해주지 않았습니다.

제시카윤　피고인의 재산은 1000만 달러가 되죠?

최 목사　그렇게 될 것입니다. 그렇지만 부끄럽게 번 재산은 결코 아닙니다.

제시카 윤 피고인은 그 재산을 모두 외아들에게 준다고 유언장을 작
성하여 은행금고에 보관해 두었나요?

최 목사 그렇습니다.

제시카 윤 왜 성장한 딸들이 있는데 어린 남자아이에게 그 재산을
모두 물려준다고 하셨나요?

최 목사 그 유언장은 언제라도 변경시킬 수 있는 것으로서 딸들에
게도 나눠줄 생각이었습니다. (사이) 모두 공평하게 나눠줄
생각이었습니다.

제시카 윤 왜 현재의 딸 다섯은 물론 부인까지 배제했나요? 무슨 특
별한 이유라도.

최 목사 아들에게 물려주면 당연히 어머니 것이 아닙니까? 그래
서….

제시카 윤 그 사실을 알고 큰딸 은숙 씨가 거칠게 항의했죠?

최 목사 집을 나갔습니다. 제가 찾아가니… 화를 냈습니다.

제시카 윤 이 사건은 그 재산이 동기가 되었다고 생각하지 않으세
요? (자신 있는 표정으로 객석과 검사를 도발적으로 바라본다)

무대에, 노출이 심한 옷차림의 은숙과 미국인 제퍼슨. 제퍼슨의 아
파트.

은숙 아, 웬일로 여길 아버지가 다 찾아 오셨죠?

최 목사 은숙아, 너 왜 집에 안 들어오고 여기 있어?

은숙 무슨 상관이죠? 전 스물넷이에요. 아버지가 생각하는 어

린애 아니에요. 법적으로도 내 일은 내가 알아서 할 수 있는 나이라고요

최 목사 뭐야? 법? 헛소리 말고 집에 가. 너, 저 제퍼슨인가 뭔가 하는 작자가 어떤 놈인지 알고 이 지경이야?

은숙 왜, 모를까 봐서요? 네! 아버지가 무슨 생각 하는지 알아요. 제퍼슨, 이혼을 세 번 한 사람이에요. 그게 뭐 어떻다는 거죠? 고매하신 목사님도 결혼이 3번째 아닌가? 참 우리 엄만 정식으로 결혼한 사람 아니니까 2번….

최 목사 내 분명히 경고했다. 서양 놈과 결혼하면 내 재산의 단 1달러도 나눠주지 않겠다고.

은숙 비겁한 사람. 아들이 아닌 딸에게 나눠주자니 아까웠겠죠.

최 목사 뭐, 뭐라구?

은숙 하지만 계획대로 잘 될 줄 알아요?

최 목사 무슨 소리냐?

이들이 불꽃 튀게 바라보자 제퍼슨은 흥미롭게 바라본다.

은숙 왜 좀 더 솔직하게 말하지 못하죠? 그래 그 여자가 그렇게도 사랑스럽던가요? 그 여자의 팔베개를 베고 유언장을 썼나요? 아니, 아들만 자식인가요? 우린 모두 사무엘 하날 얻기 위한 시행착오였어요?

최 목사 은숙아! 난 너희들을 한 번도 그렇게 생각해 본 적 없다!

은숙 아버진 우리 마음을 한번이라도 들여다 본 적 있나요?

나, 11살 때 얼굴도 잊어버린 아버지의 손을 잡고 비행기에 올랐어요. 난 엄마와 헤어지는 게 슬퍼서 종일 울었지만 엄마 마음은 그땐 이해하지 못했어요. 두 딸을 친권자인 아버지 손에 그냥 넘겨줘야만 하는 엄마 심정이 어땠을까… 그게 여자의 운명이라구요? (사이) 아버진 미국 와서도 늘 바빴지요. 우리가 어떻게 서툰 말을 익히며 학교 생활을 하는지 한 번도 걱정하지 않았어요. 햄버거장사에 워낙 바빴으니까. 또 교회 일이니, 교민회 일이니… 늘 밖에서만 살았지요. 나하고 은경이, 어린 여자애들에게도 나름의 사회생활이 있다는 걸 한번이라도 떠올려 보았나요? 우린 늘 외톨이였어요. 한국에선 친구들이 많았는데, 미국 와선 늘 외로웠어요. 친구들 집에 놀러가려고 해도 아버진 한번도 친구들 집에 우리들을 데려다 주지 않았어요. 엄마나 아빠가 차로 친구 집에 데려다주고, 또 우리 집에 초대해줘야 하는데 말예요.

최 목사 그, 그건…아니다. 난 너희들이 항상 집에서 너희들끼리 잘 지내고 있다고 믿었다. 새엄마도 있고, 동생들 은수, 은숙이까지 다 고만고만한 또래니까.

은숙 새엄마하고 겨우 정이 들었는데, 아버진 또 자식들만 뺏고 이혼하고 말았어요. 은수, 은영인 그제야 나에게 마음을 열더군요. 같은 처지가 되니까.

최 목사 그래, 그 점은 미안하다. 헌데, 너 지금 차림새가 뭐냐? 언제나 목사의 딸로서 단정히 몸가짐을 가지라고 했지?

은숙 (비명을 지르며) 진짜 짜증나 미치겠네. 우린 대화가 안 돼. 나, 한국 그따위 거 정말 싫어. 토할 것 같다구. 난 미국인이야, 난 미국사람과 결혼해서 철저한 미국사람이 될 거라구.

최 목사 (화를 걷잡을 수 없어) 뭐, 너 말버릇이 그게 뭐냐? 이, 이 나쁜 자식! 미국 놈하고 결혼하려면 차라리 죽어라! 아니, 너 죽고 나 죽자! 난 그런 꼴 못 본다.

은숙 흥. 이 집은 아버지 집이 아니에요. 옛날처럼 날 옷장에 가두진 못할 걸. 재산은 모두 사무엘에게 물려준다구요? 흥, 잘되나 두고 보시죠. 과연 이 미국에서 그런 몰염치한 행동이 통할지.

최 목사 뭐라구? 너 이년, 애비한테 하는 말이. (손을 쳐든다)

은숙 우리 엄마한테 그 몹쓸 짓을 하고 그것도 모자라 이젠 나한테까지 흥, 어디 내 몸에 손끝 하나 닿기만 해봐, 그냥 감옥으로 집어넣을 테니까.

최 목사, 순간적으로 손을 들어 은숙의 뺨을 때린다. 이때, 제퍼슨이 최 목사의 손을 거칠게 잡는다.

제퍼슨 어디 와서 행패요?

최 목사 (격한 어조) 너, 뭐야?

제퍼슨 사비지, 당신 야만인이요. 육욕으로 뭉친….

최 목사 뭐, 뭐라구! 유, 육욕? 나, 날 어떻게 보고….

제퍼슨   은숙에게 들었어요. 아들 하나 얻기 위해 여자를 몇씩 갈아대는 것, 이해할 수 없어요. 그거야 야만인의 습속이지. 딸들의 권리를 박탈하는 거, 미합중국은 용납하지 않을걸요.

최 목사   (극도로 흥분하여, 제퍼슨의 멱살을 잡으며) 이, 이런 주제넘은 놈 네가 뭘 안다고… 도대체 대학교수란 놈이 순진한 처녀를 유혹해서 동거하자고 부추기다니. 도대체 이혼을 3번이나 한 놈이.

제퍼슨   난 은숙 양을 사랑해요. 그런 게 사랑에 무슨 상관이 있죠. 난 은숙이 당신에게서 못 받은 사랑까지 다 보상해 줄 거요.

최 목사   이 양키놈, 네놈의 속셈을 모를 줄 알고? 이혼을 하면서 빈털터리가 되니 내 재산이 탐이 나더냐?

제퍼슨   그래서 그렇게 비열하게 재산을 빼돌려? (은숙에게) 염려 말아요. 내가 당신의 재산은 모두 찾아줄 수 있으니.

최 목사   네놈이 뭔데? (기가 막히다는 듯) 그래, 소송이라도 벌이겠다는 거냐?

제퍼슨   "눈에는 눈, 이에는 이" 바보 같은 영감, 기다려 보라구.

최 목사   너, 이놈, 죽이겠어.

제퍼슨, 최 목사를 밀어버린다. 나동그라지는 최 목사.

제시카 윤   기다리고 있는 일이 이번 소송이라고는 생각지 않았습니까?

최 목사   물론 그런 생각을 안 한 것은 아닙니다만… 그래도 내 딸이….

제시카 윤   그럼 자신에게는 재산이 한 푼도 돌아오지 않는다, 그리고 자신의 어머니에게 지울 수 없는 상처를 주었으며 자신들에게도 애정 대신 증오와 무관심만 가지고 있다. 아버지에게 그 딸이 보복하리란 생각을 해본 일은 없나요?

최 목사   도저히, 도저히 나는….

검사   이의 있습니다. 변호인은 계속해서 심증만으로 답변을 유도하고 있습니다. 그런 방법의 신문을 하지 않도록 해 주십시오.

재판장   기각합니다.

제시카 윤   감사합니다.

재판장   이것으로 오늘의 재판을 마치겠습니다. 다음 공판은 4월 20일 오후 2시에 있겠습니다.

8. 검사실

은영   (겁먹은 듯 사방을 둘러보며) 해밀턴 검사님이시죠? 저, 최은영입니다.

검사   최 목사의 넷째 딸, 그럼 고소인 은숙 씨의 이복동생?

은영   네.

검사   자, 앉아요!

은영　죄송합니다. (앉으며)

검사　죄송하다니요? 참 이상한 표현도 다 있군요. 억울한 일이 있어서 연방 검사를 찾아오는 것은 당연한 권리입니다. 그런데 왜 죄송하죠?

은영　… 바쁘신데 번거롭게 해드리는 것 같아서요.

검사　(한참 생각하듯) 아, 아, 무슨 뜻인지 알겠습니다. 그런데 전화로 얘기하지 못한다고 한 얘긴 무엇이죠?

은영　… 저의 아버지는 무죄가 가능한가요?

검사　그런 얘기는 변호사에게 묻는 것이 아닌가요?

은영　변호사야 항상 이긴다고 하니까요. 이 사건에 대해 검사님의 솔직한 견해를 듣고 싶어요.

검사　(잠시 곤혹스러운 표정) 처음부터 이 사건은 결정적인 물증은 없었습니다. 하지만 모든 성추행사건이 그렇듯 결정적인 증거가 없이도 유죄는 가능하지요. 권투선수 타이슨만 하더라도 증거 없이 유죄선고를 받지 않았습니까? 이 사건은 이 이상의 확실한 증거가 없습니다. 하지만 현재 이 사건은 성추행의 문제를 벗어나 소수민족의 문화의 재판의 양상을 띠고 있어요. (사이) 결정적인 증거가 나타나지 않는 한 무죄의 가능성을 배제할 수는 없습니다. 하지만 이것은 어디까지나 사견이니만치 결정적인 것은 아닙니다. 만약 무죄가 된다고 해도 난 이 사건을 포기할 수 없습니다.

은영　무슨 뜻이죠?

검사	실정법상으로 최 목사가 무죄일 가능성은 있으나 윤리적으로 그는 틀림없는 유죄입니다.
은영	그렇지만 인간의 양심까지 처벌할 수는 없지 않습니까?
검사	바로 그것이 검사로서의 나의 고뇌입니다. 만약 무죄가 된다고 하여도 난 항고할 것입니다. 절대로 포기할 수는 없습니다.

9. 풀장

은숙이 막 수영을 끝내고 풀장에서 나와 휴게실 의자에 앉다가.

은숙	(흠칫 놀란다)
제시카 윤	미국생활, 역시 힘들죠?
은숙	여긴 어떻게 알고 왔어요?
제시카 윤	스케줄을 알아냈죠. 만나려고 해도 자꾸 피하니까 어쩔 수 없었어요.
은숙	아무 할 얘기가 없어요.
제시카 윤	아버지 얘길 하고 싶어요.
은숙	(가소롭다는 듯) 변호사가 유능해서 '한국의 욕설' '물질에 의한 가정의 붕괴'란 기사까지 미국신문에 나게 만들어 이제 무죄 선고만 남았다는데 뭣 하러 왔죠?
제시카 윤	어쨌든 아버지 아닌가요?

은숙   자기 잘못에 대한 책임은 스스로 져야죠. 유능한 변호사
        덕분에 법률적으로 무죄가 될지 몰라도 그의 죄는 난 절
        대로 용서 못해요.

제시카 윤 마음을 돌려 생각해 보세요. 어쨌든 미국에 와서 그 고생
        을 해 은숙 씨를 대학까지 졸업시키고… (사이) 이제 은숙
        씨에 대한 벌은 다 받으셨어요. 이젠 아버지를 용서할 때
        가 아닌가요?

은숙   난 절대로 내 가슴속의 한을 잊을 수가 없어요. 아버지는
        내 엄마를 버렸어요. 그리고 딸들을 강제로 빼앗았어요.
        자식들도 아버지에게는 재산에 불과했어요. 아버지는 우
        리를 원한 것이 아니었어요. 오로지 아들, 아들만을 원했
        던 거지요. 딸 다섯을 세 여자에게서 얻고 마지막으로 아
        들을 얻자 아버지는 아내를 정식으로 받아들인 거죠. (사
        이) 난 지금 아버지의 성폭행하고만 싸우고 있는 것이 아
        니에요. 여자를 소유물이나 동물로 생각하는 남자와 싸우
        고 있는 거예요.

제시카 윤 그럼 그것 때문에 아버지를 고소했나요?

은숙   아니죠. 재판이 진행되는 동안에 이 사건의 또 다른 면을
        보게 된 거죠.

제시카 윤 나 역시 같은 여자입니다.

은숙   하지만 변호사님은 차별 없는 집에서 자랐겠죠. 그리고
        변호사가 되어 남자와 동등해졌다고 생각하겠죠. 그런 사
        람은 남자와 여자의 본질을 이해하지 못하죠.

제시카 윤 좋습니다. (사이) 제퍼슨은 어디에 갔나요? 한 달 전쯤 어디에 갔다고 하던데요?

은숙 세미나에 갔어요.

제시카 윤 언제 돌아오나요?

은숙 일주일 후에요.

제시카 윤 두 분의 사랑은 여전한가요?

은숙 물론이죠.

제시카 윤 많이 사랑하시나 보다.

은숙 … 네. 사랑해요. 제 생명보다도 더요.

제시카 윤 물론 아버지보다 더 사랑하겠죠?

은숙 (대답을 않고 시선을 돌린다)

제시카 윤 은숙 씨. (사이) 아버질 상대로 한 재판이에요. 아버지가 유죄를 선고 받으면 아마 교도소에서 평생 나오지 못할 거예요. 또 무죄로 나온다 하여도 이제 그가 갈 곳은 없어요. 자식들 품뿐이겠죠. 그렇게 된다면 자식들 마음이, 아니 은숙 씨 마음이 편할까요? 하늘을 나는 새들을 보며, 라디오에서 흘러나오는 노랠 들으며 마음이 편할 수 있을까요? 편한 잠을 잘 수 있을까요? 빗소리에 잠이 깰 때마다 빗소릴 더 이상 하늘의 시로 들을 수 있을까요?

은숙 … 가주세요.

제시카 윤 은숙 씨. 아버진 무고죄로 맞고소하지 않았어요. 자신의 결백을 합리적으로 주장하려면 맞고소해야 한다는데도 막무가내에요. 어떻게 딸을 고소할 수 있냐는 거예요. 교도소에서 평생을 지내는 한이 있더라도, 인류범죄자로 씻어지지 않을 낙인이 찍히더라도… 종교인이기 때문일까요? 아니면 진정으로 딸을 사랑하는 아버지이기 때문일까요? 아버질 생각해요. 용기가 안날 때마다… 은숙 씨의 남은 인생, 영혼을 생각해요… 설사 재판에서 이겨 아버지가 풀려난다 해도 그게 최 목사가 바라는 결론일까요? 다음에 그가 할 수 있는 일은 무엇일까요? (사이, 이때 검사가 나타난다)

검사　아니, 은숙 양! 이런, 윤 변호사님이 여기 웬일이십니까? 난 마침 날도 무덥고 해서 은숙 양과 풀장에서 만나기로 약속했는데. 이거, 은숙 양을 설득하고 있는 줄은 몰랐습니다. (사이) 유능하신 변호사시라서 역시 다르십니다. 이런 파렴치한 범죄를 문화재판으로 엮어 배심원들을 설득시키다니요. 하지만 안심하지 마십시오. 난 이미 최 목사의 유죄를 입증할 결정적인 증거를 확보했으니까요.

제시카 윤　(객석을 향해) 최 목사의 유죄를 입증할 결정적인 증거를 입수했다는 검사의 말이 순간 나를 얼어붙게 만들었습니다. 결정적인 증거가 어디 있단 말인가? 분명히 은숙은 흔들리고 있었는데 말입니다. 마치, 장난으로 거짓말을 시작했다가 그 결과가 수습할 수 없을 정도로 엄청나자 처음의 거짓말을 철회하지도 못하고 속으로 떨고 있는 어린아이의 가련한 눈빛, 난 그 눈빛에서 이 사건의 결과를 보고 있었는데… 결정적 증거라니요?

10. 법 정

은영   참으로 훌륭한 분이라고 교민사회는 물론 교회 안에서도
칭송이 자자한 우리 아버지. 빈손으로 미국에 와서 그래
도 성공한 사람의 하나로 손꼽히는 우리 아버지. 타국의
외로운 삶에서 아버지는 우리의 울타리였고 우리의 안식
처였어요.

아버지, 얼마나 가슴 가득한 이름입니까? (긴 사이) 하지만,
하지만 저희 자매들은 다시 한 번 부탁드립니다. 아버지
를 당연히 용서하고 싶습니다. 그러나 그것은 인간에 국
한된 것이며 그 죄에 대한 것일 수는 없습니다. 그것은 다
시는 우리와 같은 불행한 여자들이 생겨선 안 된다는 인
간으로서의 의무감 때문입니다. 그는 목사로서의 일말의
양심도 없이 두 여자를 농락하고, 다른 여자와 결혼한 그
런 양심과 인격의 소유자입니다. 검사님. 우린 그런 어두
운 나락에서 태어난 인간들이며 그래도 아버지의 회개와
반성으로 다소나마 우리의 인생이 보상될 줄로만 알았습
니다. 그러나 그것이 아니었습니다.

그는 더욱 파렴치하게도 뒤늦게나마 자신을 떠나 새출
발을 한 두 여인을 증오하고 있었습니다. 그는 아마 이렇
게 생각하고 있었겠죠. 나는 너를 버릴지라도 너는 언제
나 나를 기다려야 한다. 그는 그런 기대감이 사라지자 그
때부터 우리 자매에게 복수심을 느꼈을 것입니다. 떠나간

여인에 대한 보복으로서 가장 좋은 것은 그 딸들에 대한 성폭행이었을 것입니다. 이것은 큰언니인 은숙 언니와 나에 대한 성폭행 시작의 시기가 이를 말해주고 있습니다. 큰언니에 대한 성폭행의 시작이 큰언니의 생모가 다른 사람과 결혼한 해인 10년 전 겨울이었고, 또 저에 대한 성폭행의 시작 역시 바로 2년 전 바로 저의 생모가 다른 사람과 재혼한 직후였던 것입니다. 유능한 변호사의 변론으로 무죄가 확실시되는 오늘이 두렵습니다.

검사   존경하는 재판장님, 그리고 배심원 여러분. 변호인은 이 사건을 민족 간의 문화적 차이, 교육방법의 차이에서 빚어진 사건이라면서 피고인의 무죄를 주장하고 있습니다. 한국적 언어와 관습의 차이가 빚어낸 단순한 사건인 것이며, 그 딸들은 유산분배에 큰 불만을 갖고 있던 차에 부친을 함정에 빠뜨린 것이라고 주장하고 있습니다. 이미 피고인이 딸에게 동반자살을 강요한 사실까지도 한국적 언어의 특성이라고 호도하여 언론플레이로 승리하는 듯했습니다. 존경하는 재판장님, 그리고 배심원 여러분. 한국에서의 살인은 미국에서도 살인이고, 한국에서의 성폭행은 미국에서도 성폭행입니다. 변호인 측은 언어의 사소한 의미의 차이, 약간의 문화적 차이를 이 사건에 적용시키려하나 그것은 받아들일 수 없는 논리입니다. (사이) 배심원 여러분. 본 검사는 최은영 양의 진술로 노고를 대신하겠습니다. 피고인의 범행은 동기가 분명합니다. 자신을 떠나 다른 사람과 재혼한 복수의 방편으로 딸들을 농락한 것입니다. 이 점 유념해주셨으면 감사하겠습니다.

재판장 변호인 최후 변론하십시오.

제시카 윤 (현기증이 나는 듯, 간신히 일어선다) 존경하는 재판장님, 그리고 배심원 여러분. 피고인은 아직도 자신을 고소한 딸을 사랑하고 있습니다. 그리고 그녀가 더 이상 상처받지 않도록 차마 고소하지 못하고 있는 것입니다. 배심원 여러분. 열세 살짜리 딸을 10년간 주 4회씩 성폭행해왔다고 고소장과 검찰은 주장하고 있으나, 피임기구를 사용하지 않은 성폭행이었음에도, 단 한번의 진료 기록조차 나오지 않은 것은 의문입니다. (사이) 이 사건은 유감스럽게도 미국사회의 도덕성과 이민 온 다른 민족의 사회문화적인 가치관과 관습의 차이라는 또 다른 적을 드러냈습니다. 배심원 여러분. 자신을 죽음의 나락보다 더 깊은 곳으로 내모는 두 딸들을 끝내 용서하는 피고인이 그 가증스런 범행을 저질렀을까요? 만약 그런 범죄를 저질렀다면 당연히 그는 자신을 변명하기 위해서라도 거짓고소를 제기했을 것입니다. 이상입니다.

재판장 피고인, 마지막으로 할 말이 없는가?

최 목사 성직자로서 난 오로지 주님의 뜻에 모든 걸 맡기겠습니다. 세상 어디나 아버지는 다 똑같다고 생각합니다. 난 아버지로서 내 딸을 진심으로 사랑합니다. 하나님 아버지처럼 아버지는 아버지입니다. 아버지는 결코 사라지지 않습니다.

재판장　배심원 여러분. 평결이 끝났습니까?

배심원1　네, 끝났습니다.

재판장　발표해주십시오.

배심원1　(무겁게 일어나) 유죄.

순간 완전히 조명이 꺼지고 어둠 속에서 소리만 들린다.

재판장　(소리) 피고 최명진. 징역 84년.

법봉 3번 두드리는 소리.

11. 변호사 사무실

앞 장면과 긴 사이 끝에 제시카 윤이 무대 한쪽 구석의 책상에 앉아 있다.

제시카 윤　(객석을 향해) 그는 교민사회의 상소 제의도 물리쳤습니다. 갑작스런 은영 양의 증언으로 승산은 물론 없었지만, 그래도 형량이 지나쳤기 때문에 난 그에게 상소를 권했습니다. 과연 누가 유죄이고 누가 무죄인가요? 인간이 신의 심판을 대행하면서 과연 얼마나 많은 오류를 범하고 있는 걸까요? (사이) 그런데….

전화벨이 울리고, 제시카 윤 전화를 받는다.

제시카 윤   제시카 윤 변호사입니다. 뭐라구요? (긴 사이)

12. 제퍼슨의 집

제시카 윤, 제퍼슨의 집에 나타난다.
은숙, 반으로 쪼갠 수박을 앞에 놓고 있다. 정말 붉은 수박의 속살.
저녁놀이 유난히 아름답다.

제시카 윤   안녕하세요?… 앉아도 돼요?
은숙   (흠칫 놀라다가, 감정 사라지고 멍하니 바라본다)….
제시카 윤   유죄가 확정되고 강제 분배된 유산의 수령을 거부하셨더
          군요.
은숙   (사이) 이 사건은 돈 이전의 문제예요.
제시카 윤   (사이) 아버지가 자살했어요.
은숙   (순간적으로 놀란다. 잠시 사이) 왜 날 찾아와 그 말을 하는
          거죠?
제시카 윤   아버진 분명 유죄인가요?
은숙   (긴 사이) 다 끝난 일에요. 돌아가세요.

제시카 윤 아, 노을이 참 곱네요. 한국의 노을도 기가 막히게 아름다워요. 한국에 다녀올까 해요. 한국에 한번 다녀오세요. 아버지를 이해하게 될 거예요.

은숙 한국… 다음 주일에 들러 주실래요? 변호사님한테 한국에 대한 얘기 듣고 싶어요. 미국에서 자랐으면서도 한국이나 한국인 부모에게 어떻게 사랑을 간직할 수 있는지 꼭 듣고 싶어요.

은숙, 손을 수박 안에 집어넣어 게걸스럽게 먹기 시작한다.
그 모습을 멍하니 바라보던 제시카, 객석으로 돌아서며….

제시카 윤 그런데 참으로 이상한 일이 일어났습니다. 다음 주일에 만나기로 한 은숙이 바로 이틀 후에 죽고 말았습니다. 자살이었습니다. 사인은 마약과다 복용으로 알려졌습니다. 그리고 그 죽음은 그녀 한 사람만이 아니었습니다. 동거하던 미국인 교수와 함께였습니다. 동반자살이었습니다. (사이) 그들이 자살한 이유는 알 수 없습니다… 오직 사라진 자들만 알겠죠….

막.

한국 희곡 명작선 149

아버지가 사라졌다

초판 1쇄 인쇄일   2023년 11월 20일
초판 1쇄 발행일   2023년 11월 29일

지 은 이   조원석
만 든 이   이정옥
만 든 곳   평민사
          서울시 은평구 수색로 340 〈202호〉
          전화 : 02) 375-8571 / 팩스 : 02) 375-8573
          http://blog.naver.com/pyung1976
          이메일 pyung1976@naver.com
등록번호   25100-2015-000102호
ISBN   978-89-7115-116-7 04800
           978-89-7115-663-6 (set)
정   가   7,500원

이 책은 사단법인 한국극작가협회가 한국문화예술위원회의 2023년 제6회 극작엑스포
지원금을 받아 출간하였습니다.

한국 희곡 명작선